Francisco de Quevedo y Villegas

Sueño del infierno

Barcelona **2024**
Linkgua-ediciones.com

Créditos

Título original: Sueño del infierno.

© 2024, Red ediciones S.L.

e-mail: info@linkgua.com

Diseño de cubierta: Michel Mallard.

ISBN rústica: 978-84-9816-883-9.
ISBN ebook: 978-84-9897-761-5.

Sumario

Brevísima presentación

La vida

Francisco de Quevedo y Villegas (Madrid, 1580-Villanueva de los Infantes, Ciudad Real, 1645). España.

Hijo de Pedro Gómez de Quevedo, noble y secretario de una hija de Carlos V y de la reina Ana de Austria. Francisco de Quevedo estudió con los jesuitas en Madrid, y luego en las universidades de Alcalá (lenguas clásicas y modernas) y Valladolid (teología). Tras su regreso a Madrid tuvo la protección del duque de Osuna, con quien viajó a Sicilia en 1613.

Osuna fue nombrado virrey de Nápoles y Quevedo ocupó su secretaría de hacienda y participó en misiones políticas contra Venecia promovidas por su protector. Cuando éste cayó en desgracia Quevedo sufrió destierro y prisión, pero regresó a la corte tras la muerte de Felipe III. Durante años tuvo buenas relaciones con Felipe IV, aunque no consiguió ganarse la simpatía de su favorito, el conde-duque de Olivares. Se especula que dejó bajo la servilleta del monarca el memorial contra Olivares titulado «Católica, sacra, real Majestad», lo que motivó su detención en 1639. Se cree, en cambio, que terminó en un calabozo del convento de San Marcos de León, donde permaneció hasta 1643, víctima de una conspiración.

Murió en Villanueva de los Infantes.

«Soñando»

Los sueños son obras satíricas, escritas entre 1606 y 1621; son narraciones de inspiración Lucianesca en que se ironiza sobre diversas costumbres, oficios y personajes de la época. En los Sueños, Quevedo hace una sátira de las distintas profesiones y estatus sociales. Aparecen juristas, médicos, carniceros, hidalgos, poetas, astrólogos, y la obra incluso se refiere a los malos practicantes de las distintas religiones, con alusiones a Mahoma, Lutero y Judas.

Sueño del infierno

Carta a un amigo suyo

Invío a V. M. este discurso, tercero al Sueño y al Alguacil, donde puedo decir que he rematado las pocas fuerzas de mi ingenio, no sé si con alguna dicha. Quiera Dios halle algún agradecimiento mi deseo, cuando no merezca alabanza mi trabajo, que con esto tendré algún premio de los que da el vulgo con mano escasa, que no soy tan soberbio que me precie de tener envidiosos, pues de tenerlos tuviera por gloriosa recompensa el merecerlos tener. V. M. en Zaragoza comunique este papel, haciéndole la acogida que a todas mis cosas, mientras yo acá esfuerzo la paciencia a maliciosas calumnias que al parto de mis obras (sea aborto) suelen anticipar mis enemigos. Dé Dios a V. M. paz y salud. Del Fresno y mayo 3 de 1608

Don Francisco Quevedo Villegas.

Prólogo al ingrato y desconocido lector

Eres tan perverso que ni te obligué llamándote pío, benévolo ni benigno en los demás discursos porque no me persiguieses; y ya desengañado quiero hablar contigo claramente. Este discurso es el del infierno; no me arguyas de maldiciente porque digo mal de los que hay en él, pues no es posible que haya dentro nadie que bueno sea. Si te parece largo, en tu mano está: toma el infierno que te bastare y calla. Y si algo no te parece bien, o lo disimula piadoso o lo enmienda docto, que errar es de hombres y ser herrado de bestias o esclavos. Si fuere oscuro, nunca el infierno fue claro; si triste y melancólico, yo no he prometido risa. Solo te pido, lector, y aun te conjuro por todos los prólogos, que no tuerzas las razones ni ofendas con malicia mi buen celo. Pues, lo primero, guardo el decoro a las personas y solo reprehendo los vicios; murmuro los descuidos y demasías de algunos oficiales sin tocar en la pureza de los oficios; y al fin, si te agradare el discurso, tú te holgarás, y si no, poco importa, que a mí de ti ni dél se me da nada. Vale.

Discurso

Yo, que en el Sueño del Juicio vi tantas cosas y en El alguacil endemoniado oí parte de las que no había visto, como sé que los sueños las más veces son burla de la fantasía y ocio del alma, y que el diablo nunca dijo verdad, por no tener cierta noticia de las cosas que justamente nos esconde Dios, vi, guiado del ángel de mi guarda, lo que se sigue, por particular providencia de Dios; que fue para traerme, en el miedo, la verdadera paz. Halléme en un lugar favorecido de naturaleza por el sosiego amable, donde sin malicia la hermosura entretenía la vista (muda recreación), y sin respuesta humana platicaban las fuentes entre as guijas y los árboles por las hojas, tal vez cantaba el pájaro, ni sé determinadamente si en competencia suya o agradeciéndoles su armonía. Ved cuál es de peregrino nuestro deseo, que no halló paz en nada desto. Tendí los ojos, cudiciosos de ver algún camino por buscar compañía, y veo, cosa digna de admiración, dos sendas que nacían de un mismo lugar, y una se iba apartando de la otra como que huyesen de acompañarse. Era la de mano derecha tan angosta que no admite encarecimiento, y estaba, de la poca gente que por ella iba, llena de abrojos y asperezas y malos pasos. Con todo, vi algunos que trabajaban en pasarla, pero por ir descalzos y desnudos, se iban dejando en el camino unos el pellejo, otros los brazos, otros las cabezas, otros los pies, y todos iban amarillos y flacos. Pero noté que ninguno de los que iban por aquí miraba atrás, sino todos adelante. Decir que puede ir alguno a caballo es cosa de risa. Uno de los que allí estaban, preguntándole si podría yo caminar aquel desierto a caballo, me dijo:

—San Pablo le dejó para dar el primer paso a esta senda.

Y miré, con todo eso, y no vi huella de bestia ninguna. Y es cosa de admirar que no había señal de rueda de coche ni memoria apenas de que hubiese nadie caminado por allí jamás. Pregunté, espantado desto, a un mendigo que estaba descansando y tomando aliento, si acaso había ventas en aquel camino o mesones en los paraderos. Respondióme:

—¿Venta aquí, señor, ni mesón? ¿Cómo queréis que le haya en este camino, si es el de la virtud? En el camino de la vida —dijo— el partir es nacer, el vivir es caminar, la venta es el mundo, y en saliendo della, es una jornada sola y breve desde él a la pena o a la gloria.

Diciendo esto se levantó y dijo:

—¡Quedaos con Dios!; que en el camino de la virtud es perder tiempo el pararse uno y peligroso responder a quien pregunta por curiosidad y no por provecho.

Comenzó a andar dando tropezones y zancadillas y suspirando; parecía que los ojos con lágrimas osaban ablandar los peñascos a los pies y hacer tratables los abrojos.

—¡Pesia tal! —dije yo entre mí—. ¿Pues tras ser el camino tan trabajoso es la gente que en él anda tan seca y poco entretenida? ¡Para mi humor es bueno!

Di un paso atrás y salíme del camino del bien, que jamás quise retirarme de la virtud que tuviese mucho que desandar ni que descansar. Volví a la mano izquierda y vi un acompañamiento tan reverendo, tanto coche, tanta carroza cargada de competencias al Sol en humanas hermosuras, y gran cantidad de galas y libreas, lindos caballos, mucha gente de capa negra y muchos caballeros. Yo, que siempre oí decir «Dime con quién fueres y diréte cuál eres», por ir con buena compañía puse el pie en el umbral del camino, y sin sentirlo me hallé resbalado en medio dél como el que se desliza por el hielo, y topé con el que había menester, porque aquí todos eran bailes y fiestas, juegos y saraos, y no el otro camino, que por falta de sastres iban en él desnudos y rotos, y aquí nos sobraban mercaderes, joyeros y todos oficios. Pues ventas, a cada paso, y bodegones sin número. No podré encarecer qué contento me hallé en ir en compañía de gente tan honrada, aunque el camino estaba algo embarazado, no tanto con las mulas de los médicos como con las barbas de los letrados, que era terrible la escuadra dellos que iba delante de unos jueces. No digo eso porque fuese menor el batallón de los doctores, a quien nueva elocuencia llama ponzoñas graduadas, pues se sabe que en sus universidades se estudia para tósigos. Animóme para proseguir mi camino el ver no solo que iban muchos por él, sino la alegría que llevaban, y que del otro se pasaban algunos al nuestro, y del nuestro al otro por sendas secretas. Otros caían, que no se podían tener, y entre ellos fue de ver el cruel resbalón que una lechigada de taberneros dio en las lágrimas que otros habían derramado en el camino, que por ser agua se les fueron los pies y dieron en nuestra senda unos sobre otros. Íbamos dando vaya a los que veíamos por el camino de la virtud más atrabajados. Hacíamos burla dellos, llamábamosles heces del mundo y desecho de la tierra. Algunos se tapaban los oídos y pasaban adelante; otros que se paraban a escucharnos, dellos desvanecidos de las muchas voces y dellos persuadidos de las razones y corridos de las vayas, caían y se bajaban. Vi una senda por donde iban muchos hombres de la misma suerte que los buenos, y desde lejos parecía que iban con ellos mismos; y llegado que hube vi que iban entre nosotros. Estos me dijeron que eran los hipócritas, gente en quien la penitencia, el ayuno, la mortificación, que en otros son mercancía del cielo, es noviciado del Infierno. Había muchas mujeres tras estos besándoles las ropas, que en besar algunas son peores que Judas, porque él besó, aunque con ánimo traidor, la cara del Justo Hijo de Dios y Dios verdadero, y ellas besan los vestidos de otros tan malos como Judas. Atribúyolo, más que a devoción, en algunas, a golosina en el besar. Otras iban cogiéndoles de las capas para reliquias, y algunas cortan tanto que da sospecha que lo hacen más por verlos en cueros o desnudos que por fe que tengan con sus obras. Otras se encomiendan a ellos en sus oraciones, que es como encomendarse al diablo por tercera persona. Vi algunas pedirles hijos, y sospecho que marido que consiente en que pida hijos a otro la mujer, se dispone a agradecérselo si se les diere. Esto digo por ver que pudiendo las mujeres encomendar sus deseos y necesidades a san Pedro, a san Pablo, a san Juan, a san Agustín, a santo Domingo, a san Francisco, y otros santos, que sabemos que pueden con Dios, se den a estos que hacen oficio la humildad y pretenden irse al cielo de estrado en estrado y de mesa en mesa. Al fin conocí que iban estos arrebozados para nosotros, mas para los ojos eternos, que abiertos sobre todos juzgan el secreto más escuro de los retiramientos del alma, no tienen máscara. Bien que hay muchos buenos espíritus a quien debemos pedir favor con los Santos y con Dios, mas son diferentes destos de quien antes se les ve la diciplina que la cara y alimentan su ambiciosa felicidad del aplauso de los pueblos, y diciendo que son unos indignos y grandísimos pecadores y los más malos de la tierra, llamándose jumentos engañan con la verdad, pues siendo hipócritas, lo son al fin. Iban estos solos aparte y reputados por más necios que los moros, más zafios que los bárbaros y sin ley, pues aquellos, ya que no conocieron la vida eterna ni la van a gozar, conocieron la presente y holgáronse en ella, pero los hipócritas ni la una ni la otra conocen, pues en esta se atormentan y en la otra son atormentados, y en conclusión, destos se dice con toda verdad que ganan el infierno con trabajos. Todos íbamos diciendo mal unos de otros, los ricos tras la riqueza, los pobres pidiendo a los ricos lo que Dios les quitó. Van por un camino los discretos, por no dejarse gobernar de otros, y los necios, por no entender a quien los gobiernan, aguijan a todo andar. Las justicias llevan tras sí los negociantes, la pasión a las mal gobernadas justicias, y los reyes desvanecidos y ambiciosos, todas las repúblicas. No faltaron en el camino muchos ecclesiásticos, muchos teólogos. Vi algunos soldados, pero pocos, que por la otra senda, a fuerza de absoluciones y gracias, iban en hileras ordenados honradamente triunfando de su sangre; pero los que nos cupieron acá era gente, que si como habían extendido el nombre de Dios jurando, lo hubieran hecho peleando, fueran famosos. Estos iban muy desnudos, que por la mayor parte los tales que viven por su culpa, traen los golpes en los vestidos y sanos los cuerpos. Andaban cantando entre sí las ocasiones en que se habían visto, los malos pasos que habían andado (que nunca estos andan en buenos pasos) y nada desto les creíamos, teniéndoles por mentirosos; solo cuando, por encarecer sus servicios, dijo uno a los otros: «¡Qué digo, camarada! ¡Qué trances hemos pasado y qué tragos!», lo de los tragos se les creyó, porque hacían fe recuas de mosquitos que les rodeaban las bocas, golosas del aliento parlero del mucho mosto que habían colado. Miraban a estos pocos los muchos capitanes, maestres de campo, generales de ejércitos, que iban por el camino de la mano derecha enternecidos, y oí decir a uno dellos que no lo pudo sufrir, mirando las hojas de lata llenas de papeles inútiles que llevaban estos ciegos que digo:

—¡Soldados, por acá! ¿Esto es de valientes, dejar este camino de miedo de sus dificultades? Venid, que por aquí de cierto sabemos que solo coronan al que legítimamente peleare. ¿Qué vana esperanza os arrastra? ¿Las anticipadas promesas de los reyes? No siempre, con almas vendidas, es bien que temerosamente suene en vuestros oídos «Mata o muere». Reprehended la hambre del premio, que de buen varón es seguir la virtud sola, y de cudiciosos los premios no más, y quien no sosiega en la virtud y la sigue por el interés y mercedes que se siguen, más es mercader que virtuoso, pues la hace a precio de perecedores bienes. Ella es don de sí misma, quietaos en ella.

Y aquí alzó la voz, y dijo:

—Advertid que la vida del hombre es guerra consigo mismo, y que toda la vida nos tienen en armas los enemigos del alma, que nos amenazan más dañoso vencimiento. Y advertid que ya los príncipes tienen por deuda nuestra sangre y vida, pues perdiéndolas por ellos, los más dicen que los pagamos y no que los servimos. ¡Volved, volved!

Oyéronlo ellos muy atentamente, y corridos de lo que les decían, como unos leones se entraron en una taberna.

Iban las mujeres al infierno tras el dinero de los hombres y los hombres tras ellas y su dinero, tropezando unos con otros. Noté cómo al fin del camino de los buenos algunos se engañaban y pasaban al de la perdición, porque como ellos saben que el camino del cielo es angosto y el del infierno ancho, y al acabar veían al suyo ancho y el nuestro angosto, pensando que habían errado o trocado los caminos, se pasaban acá, y de acá allá los que se desengañaban del remate del nuestro. Vi una mujer que iba a pie, y espantado de que mujer se fuese al infierno sin silla o coche, busqué un escribano que me diera fe dello y en todo el camino del infierno pude hallar ningún escribano ni alguacil, y como no los vi en él, luego colegí que era aquel el camino del cielo y este otro al revés. Quedé algo aconsolado, y solo me quedaba duda que como yo había oído decir que iban con grandes asperezas y penitencias por el camino dél, y veía que todos se iban holgando..., cuando me sacó desta duda una gran parva de casados que venían con sus mujeres de las manos, y que la mujer era ayuno del marido, pues por darle la perdiz y el capón no comía; y que era su desnudez, pues por darle galas demasiadas y joyas impertinentes iba en cueros; y al fin conocí que un mal casado tiene en su mujer toda la herramienta necesaria para mártir, y ellos y ellas, a veces, el infierno portátil. Ver esta asperísima penitencia me confirmó de nuevo en que íbamos bien, mas duróme poco, porque oí decir a mis espaldas:

—Dejen pasar los boticarios.

—¿Boticarios pasan? —dije yo entre mí—. Al infierno vamos.

Y fue así, porque al punto nos hallamos dentro por una puerta como de ratonera, fácil de entrar y imposible de salir. Y fue de ver que nadie en todo el camino dijo «Al infierno vamos», y todos, estando en él, dijeron muy espantados: «En el infierno estamos».

—¿En el infierno? —dije yo muy afligido—. No puede ser.

Y quíselo poner a pleito. Comencéme a lamentar de las cosas que dejaba en el mundo, los parientes, los amigos, los conocidos, las damas, y estando llorando esto, volví la cara hacia el mundo y vi venir por el mismo camino despeñándose a todo correr cuanto había conocido allá, poco menos. Consoléme algo en ver esto, y que según se daban prisa a llegar al infierno, estarían conmigo presto. Comenzóseme a hacer áspera la morada y desapacibles los zaguanes. Fui entrando poco a poco entre unos sastres que se me llegaron, que iban medrosos de los diablos. En la primera entrada hallamos siete demonios escribiendo los que íbamos entrando. Preguntáronme mi nombre, díjele y pasé; llegaron a mis compañeros y dijeron que eran sastres; y dijo uno de los diablos:

—Deben entender los sastres en el mundo que no se hizo el infierno sino para ellos, según se vienen por acá.

Preguntó otro diablo cuántos eran. Respondieron que ciento, y respondió un demonio mal barbado entrecano:

—¿Ciento y sastres? No pueden ser tan pocos. La menor partida que habemos recibido ha sido de mil y ochocientos. En verdad que estamos por no recibilles.

Afligiéronse ellos, mas al fin entraron. Ved cuáles son los sastres, que es para ellos amenaza el no dejarlos entrar en el infierno. Entró el primero un negro, chiquito, rubio de mal pelo; dio un salto en viéndose allá y dijo:

—Ahora acá estamos todos.

Salió de un lugar donde estaba aposentado un diablo de marca mayor, corcovado y cojo, y arrojándolos en una hondura muy grande dijo:

—Allá va leña.

Por curiosidad me llegué a él y le pregunté de qué estaba corcovado y cojo, y me dijo (que era diablo de pocas palabras):

—Yo era recuero de sastres; iba por ellos al mundo; de traellos a cuestas me hice corcovado y cojo. He dado en la cuenta y hallo que se vienen ellos mucho más aprisa que yo los puedo traer.

En esto hizo otro vómito de sastres el mundo, y hube de entrarme porque no había dónde estar ya allí, y el monstruo infernal a traspalar, y diz que es la mejor leña que se quema en el infierno sastres.

Pasé adelante por un pasadizo muy oscuro, cuando por mi nombre me llamaron. Volví a la voz los ojos, casi tan medrosa como ellos, y hablóme un hombre que por las tinieblas no pude divisar más de lo que la llama que le atormentaba me permitía.

—¿No me conoce? —me dijo—, a... —ya lo iba a decir—... —y prosiguió, tras su nombre—, el librero. Pues yo soy. ¿Quién tal pensara?

Y es verdad Dios que yo siempre lo sospeché, porque era su tienda el burdel de los libros, pues todos los cuerpos que tenía eran de gente de la vida, escandalosos y burlones. Un rótulo que decía «Aquí se vende tinta fina y papel batido y dorado» pudiera condenar a otro que hubiera menester más apetitos por ello.

—¿Qué quiere? —me dijo viéndome suspenso tratar conmigo estas cosas—, pues es tanta mi desgracia que todos se condenan por las malas obras que han hecho, y yo y todos los libreros nos condenamos por las obras malas que hacen los otros, y por lo que hicimos barato de los libros en romance y traducidos de latín, sabiendo ya con ellos los tontos lo que encarecían en otros tiempos los sabios, que ya hasta el lacayo latiniza, y hallarán a Horacio en castellano en la caballeriza.

Más iba a decir, sino que un demonio le comenzó de atormentar con humazos de hojas de sus libros y otro a leerle algunos dellos. Yo que vi que ya no hablaba, fuime adelante diciendo entre mí:

—Si hay quien se condena por obras malas ajenas ¿qué harán los que las hicieron propias?

En esto iba cuando en una gran zahúrda andaban mucho número de ánimas gimiendo y muchos diablos con látigos y zurriagas azotándolos. Pregunté qué gente eran y dijeron que no eran sino cocheros; y dijo un diablo lleno de cazcarrias, romo y calvo, que quisiera más (a manera de decir) lidiar con lacayos, porque había cochero de aquellos que pedía aún dineros por ser atormentado, y que la tema de todos era que habían de poner pleito a los diablos por el oficio, pues no sabían chasquear los azotes tan bien como ellos.

—¿Qué causa hay para que estos penen aquí? —dije.

Y tan presto se levantó un cochero viejo de aquellos, barbinegro y malcarado, y dijo:

—Señor, porque siendo pícaros nos venimos al infierno a caballo y mandando.

Aquí le replicó el diablo:

—¿Y por qué calláis lo que encubristes en el mundo, los pecados que facilitastes, y lo que mentistes en un oficio tan vil?

Dijo un cochero (que lo había sido de un consejero, y aún esperaba que le había de sacar de allí):

—No ha habido tan honrado oficio en el mundo de diez años a esta parte, pues nos llegaron a poner cotas y sayos vaqueros, hábitos largos y valona en forma de cuellos bajos, por lo que parecíamos confesores en saber pecados, y supimos muchas cosas nosotros que no las supieron ellos. ¿Cómo supieran condenarse las mujeres de los sastres en su rincón, si no fuera por el desvanecimiento de verse en coche?, que hay mujer destos, de honra postiza, que se fue por su pie al don como a la pila santa catecúmena, que por tirar una cortina, ir a una testera, hartará de ánimas a los diablos.

—Así —dijo un diablo— soltóse el cocherillo y no callará en diez años.

—¿Qué he de callar? —dijo—, si nos tratáis desta manera, debiendo regalarnos, pues no os traemos al infierno la hacienda maltratada, arrastrada y a pie, llena de rabos, como os siempre rotos escuderos, zanqueando y despeados, sino zahumada, descansada, limpia y en coche. ¡Por otros lo hiciéramos que lo supieran agradecer! ¡Pues decir que merezco yo eso porque llevé tullidos a misa, enfermos a comulgar o monjas a sus conventos! No se probará que en mi coche entrase nadie con buen pensamiento. Llegó a tanto que, por casarse y saber si una era doncella, se hacía información si había entrado en él, porque era señal de corrupción. ¡Y tras desto me das este pago?

—¡Vía! —dijo un demonio mulato y zurdo.

Redobló los palos y callaron; y forzóme ir adelante el mal olor de los cocheros que andaban por allí.

Y lleguéme a unas bóvedas donde comencé a tiritar de frío y dar diente con diente, que me helaba. Pregunté movido de la novedad de ver frío en el infierno, qué era aquello, y salió a responder un diablo zambo, con espolones y grietas, lleno de sabañones y dijo:

—Señor, este frío es de que en esta parte están recogidos los bufones, truhanes y juglares chocarreros, hombres por demás y que sobraban en el mundo, y que están aquí retirados, porque si anduvieran por el infierno sueltos, su frialdad es tanta que templaría el dolor del fuego.

Pedíle licencia para llegar a verlos, diómela, y calofriado llegué y vi la más infame casilla del mundo, y una cosa que no habrá quien lo crea, que se atormentaban unos a otros con las gracias que habían dicho acá. Y entre los bufones vi muchos hombres honrados que yo había tenido por tales. Pregunté la causa, y respondióme un diablo que eran aduladores, y que por esto eran bufones de entre cuero y carne. Y repliqué yo cómo se condenaban, y me respondieron que, como se condenan otros por no tener gracia, ellos se condenan por tenerla, o quererla tener.

—Gente es que se viene acá sin avisar, a mesa puesta y a cama hecha, como en su casa. Y en parte os queremos bien, porque ellos se son diablos para sí y para otros, y nos ahorran de trabajos, y se condenan a sí mismos, y por la mayor parte en vida los más ya andan con marca del infierno, porque el que no se deja arrancar los dientes por dinero, se deja matar hachas en las nalgas o pelar las cejas, y así cuando acá los atormentamos, muchos dellos después de las penas solo echan menos las pagas. ¿Veis aquel? —me dijo—. Pues mal juez fue, y está entre los bufones, pues por dar gusto no hizo justicia, y a los derechos que no hizo tuertos los hizo bizcos. Aquel fue marido descuidado, y está también entre los bufones, porque por dar gusto a todos vendió el que tenía con su esposa, y tomaba a su mujer en dineros como ración, y se iba a sufrir. Aquella mujer, aunque principal, fue juglar, y está entre los truhanes, porque por dar gusto hizo plato de sí misma a todo apetito. Al fin, de todos estados entran en el número de los bufones, y por eso hay tantos; que, bien mirado, en el mundo todos sois bufones, pues los unos os andáis riendo de los otros, y en todos, como digo, es naturaleza y en unos pocos oficio. Fuera destos hay bufones desgranados y bufones en racimo; los desgranados son los que de uno en uno y de dos en dos andan a casa de los señores. Los en racimo son los faranduleros miserables, y destos os certifico que si ellos no se nos viniesen por acá, que nosotros no iríamos por ellos.

Tróbose una pendencia adentro y el diablo acudió a ver lo que era. Yo, que me vi suelto, entréme por un corral adelante, y hedía a chinches que no se podía sufrir.

—¿A chinches hiede? —dije yo—. Apostaré que alojan por aquí los zapateros.

Y fue así, porque luego sentí el ruido de los bojes y vi los trinchetes. Tapéme las narices y asoméme a la zahúrda donde estaban, y había infinitos. Díjome el guardián:

—Estos son los que vinieron consigo mismos, digo, en cueros, y como otros se van al infierno por su pie, estos se van por los ajenos y por los suyos, y así vienen tan ligeros.

Y doy fe de que en todo el infierno no hay árbol ninguno chico ni grande y que mintió Virgilio en decir que había mirtos en el lugar de los amantes, porque yo no vi selva ninguna sino en el cuartel que dije de los zapateros, que estaba todo lleno de bojes, que no se gasta otra madera en los edificios. Estaban casi todos los zapateros vomitando de asco de unos pasteleros que se les arrimaban a las puertas, que no cabían en un silo donde estaban tantos que andaban mil diablos con pisones atestando almas de pasteleros, y aún no bastaban.

—¡Ay de nosotros! —dijo uno—, que nos condenamos por el pecado de la carne sin conocer mujer, tratando más en huesos.

Lamentábase bravamente, cuando dijo un diablo:

—¡Ladrones! ¿Quién merece el infierno mejor que vosotros, pues habéis hecho comer a los hombres caspa y os han servido de pañizuelos los de a real sonándoos en ellos, donde muchas veces pasó por caña el tuétano de las narices? ¡Qué de estómagos pudieran ladrar si resucitaran los perros que les hicistes comer! ¡Cuántas veces pasó por pasa la mosca golosa, y muchas fue el mayor bocado de carne que comió el dueño del pastel! ¡Qué de dientes habéis hecho jinetes y qué de estómagos habéis traído a caballo dándoles a comer rocines enteros! ¿Y os quejáis, siendo gente antes condenada que nacida los que hacéis así vuestro oficio? ¿Pues qué pudiera decir de vuestros caldos? Mas no soy amigo de revolver caldos. Padeced y callad enhorama a, que más hacemos nosotros en atormentaros que vosotros en sufrirlo. Y vos andad adelante, me dijo a mí, que tenemos que hacer estos y yo.

Partíme de allí y subíme por una cuesta donde en la cumbre y alrededor se estaban abrasando unos hombres en fuego inmortal, el cual encendían los diablos en lugar de fuelles con corchetes, que soplaban mucho más, que aun allá tienen este oficio ellos y los malditos alguaciles; por soplar, daban crueles voces. Uno dellos decía:

—Yo al justo vendí, ¿qué me persiguen?

Dije yo entre mí:

—¿Al Justo vendiste? Este es Judas —y lleguéme con codicia de ver si era barbinegro o bermejo, cuando le conozco, y era un mercader que poco antes había muerto.

—¿Acá estáis? —dije yo—. ¿Qué os parece? ¿No valiera más haber tenido poca hacienda y no estar aquí?

Dijo en esto uno de los atormentadores:

—Pensaron los ladronazos que no había más y quisieron con la vara de medir hacer lo que Moisén con la vara de Dios, y sacar agua de las piedras. Estos son —dijo— los que han ganado como buenos caballeros el infierno por sus pulgares, pues a puras pulgaradas se nos vienen acá. Mas ¿quién duda que la oscuridad de sus tiendas les prometía estas tinieblas? Gente es esta —dijo al cabo muy enojado— que quiso ser como Dios, pues pretendieron ser sin medida, mas el que todo lo vee los trajo de sus rasos a estos nublados que los atormenten con rayos. Y si quieres acabar de saber cómo estos son los que sirven allá a la locura de los hombres, juntamente con los plateros y buhoneros, has de advertir que si Dios hiciera que el mundo amaneciera cuerdo un día, todos estos quedaran pobres, pues entonces se conociera que en el diamante, perlas, oro y sedas diferentes pagamos más lo inútil y demasiado y raro que lo necesario y honesto. Y advertid ahora que la cosa que más cara se os vende en el mundo es lo que menos vale, que es la vanidad que tenéis, y estos mercaderes son los que alimentan todos vuestros desórdenes y apetitos.

Tenía talle de no acabar sus propriedades si yo no me pasara adelante movido de admiración de unas grandes carcajadas que oí. Fuime allá por ver risa en el infierno, cosa tan nueva.

—¿Qué es esto? —dije; cuando veo dos hombres dando voces en un alto, muy bien vestidos con calzas atacadas. El uno con capa y gorra, puños como cuellos y cuellos como calzas. El otro traía valones y un pergamino en las manos, y a cada palabra que hablaban se hundían siete o ocho mil diablos de risa, y ellos se enojaban más. Lleguéme más cerca por oírlos y oí al del pergamino, que a la cuenta era hidalgo, que decía:

—Pues si mi padre se decía tal cual, y soy nieto de Esteban cuales y tales, y ha habido en mi linaje trece capitanes valerosísimos y de parte de mi madre doña Rodriga deciendo de cinco catredáticos, los más doctos del mundo, ¿cómo me puedo haber condenado? ¡Y tengo mi ejecutoria, y soy libre de todo y no debo pagar pecho!

—Pues pagad espalda —dijo un diablo; y diole luego cuatro palos en ellas que le derribó de la cuesta, y luego le dijo:

—Acabaos de desengañar que el que deciende del Cid, de Bernardo y de Gofredo y no es como ellos, sino vicioso como vos, ese tal más destruye el linaje que lo hereda. Toda la sangre, hidalguillo, es colorada, y parecedlo en las costumbres, y entonces creeré que decendéis del docto cuando lo fuéredes o procuráredes serlo, y si no, vuestra nobleza será mentira breve en cuanto durare la vida, que en la chancillería del infierno arrúgase el pergamino y consúmense las letras, y el que en el mundo es virtuoso, ese es e hidalgo, y la virtud es la ejecutoria que acá respetamos, pues aunque decienda de hombres viles y bajos, como él con divinas costumbres se haga digno de imitación, se hace noble a sí y hace linaje para otros. Reímonos acá de velo que ultrajáis a los villanos, moros y judíos, como si en estos no cupieran las virtudes que vosotros despreciáis. Tres cosas son las que hacen ridículos a los hombres: la primera la nobleza, la sigunda la honra y la tercera la valentía; pues es cierto que os contentáis con que hayan tenido vuestros padres virtud y nobleza para decir que la tenéis vosotros, siendo inútil parto del mundo. Acierta a tener muchas letras el hijo del labrador, es arzobispo el villano que se aplica a honestos estudios; y el caballero que deciende de buenos padres, como si hubieran ellos de gobernar el cargo que les dan, quieren (ved qué ciegos) que les valga a ellos viciosos la virtud ajena de trecientos mil años, ya casi olvidada, y no quieren que el pobre se honre con la propia.

Carcomióse el hidalgo de oír estas cosas, y el caballero que estaba a su lado se afligía, plegando los abanillos del cuello y volviendo las cuchilladas de las calzas.

—¿Pues qué diré de la honra mundana, que más tiranías hace en el mundo, y más daños y la que más gustos estorba? Muere de hambre un caballero pobre, no tiene con qué vestirse, ándase roto y remendado, o da en ladrón y no lo pide, porque dice que tiene honra, ni quiere servir porque dice que es deshonra. Todo cuanto se busca y afana dicen los hombres que es por sustentar honra. ¡Oh, lo que gasta la honra!; y llegado a ver lo que es la honra mundana, no es nada. Por la honra no come el que tiene gana donde le sabría bien; por la honra se muere la viuda entre dos paredes; por la honra, sin saber qué es hombre ni qué es gusto, se pasa la doncella treinta años casada consigo misma; por la honra la casada se quita a su deseo cuanto pide; por la honra pasan los hombres el mar; por la honra mata un hombre a otro; por la honra gastan todos más de lo que tienen. Y es la honra mundana, según esto, una necedad del cuerpo y alma, pues al uno quita los gustos y al otro la gloria. Y porque veáis cuáles sois los hombres desgraciados y cuán a peligro tenéis lo que más estimáis, hase de advertir que las cosas de más valor en vosotros son la honra, la vida y la hacienda. La honra está en arbitrio de las mujeres, la vida en manos de los dotores y la hacienda en las plumas de los escribanos. Desvaneceos, pues, bien, mortales.

Dije yo entre mí:

—¡Y cómo se echa de ver que esto es el infierno, donde por atormentar a los hombres con amarguras les dicen las verdades!

Tornó en esto a proseguir y dijo:

—La valentía ¿hay cosa tan digna de burla?; pues no habiendo ninguna en el mundo, si no es la caridad con que se vence la fiereza, la de sí mismos, y la de los mártires, todo el mundo es de valientes, siendo verdad que todo cuanto hacen los hombres, cuanto han hecho tantos capitanes valerosos como ha habido en la guerra, no lo han hecho de valentía sino de miedo. Pues el que pelea en la tierra por defendella, pelea de miedo de mayor mal, que es ser cautivo y verse muerto, y el que sale a conquistar los que están en sus casas, a veces lo hace de miedo de que el otro no le acometa, y los que no llevan este intento van vencidos de la cudicia (¡ved qué valientes!) a robar oro y a inquietar los pueblos apartados, a quien Dios puso como defensa a nuestra ambición mares en medio y montañas ásperas. Mata uno a otro primero, vencido de la ira, pasión ciega, y otras veces de miedo de que le mate a él. Así los hombres, que todo lo entendéis al revés, bobo llamáis al que no es sedicioso, alborotador, maldiciente; y sabio llamáis al mal acondicionado, perturbador y escandaloso; valiente al que perturba el sosiego y cobarde al que con bien compuestas costumbres, escondido de las ocasiones, no da lugar a que le pierdan el respeto. Estos tales son en quien ningún vicio tiene licencia.

—¡Oh, pesia tal! —dije yo—. Más estimo haber oído este diablo que cuanto tengo.

Dijo en esto el de las calzas atacadas muy mohíno:

—Todo eso se entiende con ese escudero, pero no conmigo, a fe de caballero —y tardó a decir caballero tres cuartos de hora—, que es ruin término y descortesía. ¡Deben de pensar que todos somos unos!

Esto les dio a los diablos grandísima risa, y luego, llegándose uno a él, le dijo que se desenojase y mirase qué había menester, y qué era la cosa que más pena le daba, porque le querían tratar como quien era. Y al punto dijo:

—Bésoos las manos; un molde para repasar el cuello.

Tornaron a reír y él a atormentarse de nuevo. Yo, que tenía gana de ver todo lo que hubiese, pareciendo que me había detenido mucho, me partí, y a poco que anduve topé una laguna muy grande como el mar, y más sucia, adonde era tanto el ruido que se me desvanecía la cabeza. Pregunté lo qué era aquello, y dijéronme que allí penaban las mujeres que en el mundo se volvieron en dueñas. Así supe cómo las dueñas de acá son ranas del infierno, que eternamente como ranas están hablando sin ton y sin son, húmedas y en cieno, y son propiamente ranas infernales, porque las dueñas ni son carne ni pescado, como ellas. Diome grande risa el verlas convertidas en sabandijas tan perniabiertas y que no se come sino de medio abajo, como la dueña, cuya cara siempre es trabajosa y arrugada. Salí, dejando el charco a mano izquierda, a una dehesa donde estaban muchos hombres arañándose y dando voces, y eran infinitísimos, y tenía seis porteros. Pregunté a uno qué gente era aquella tan vieja y tan en cantidad.

—Este es —dijo— el cuarto de los padres que se condenan por dejar ricos a sus hijos, que por otro nombre se llama el cuarto de los necios.

—¡Ay de mí! —dijo en esto uno—, que no tuve día sosegado en la otra vida, ni comí ni vestí, por hacer un mayorazgo y después de hecho por aumentarle, y en haciéndole, me morí sin médico por no gastar dineros amontonados, y apenas expiré cuando mi hijo se enjugó las lágrimas con ellos; y cierto de que estaba en el infierno por lo que vio que había ahorrado, viendo que no había menester misas, no me las dijo ni cumplió manda mía; y permite Dios que aquí, para más pena, le vea desperdiciar lo que yo afané, y le oigo decir: «Ya se condenó mi padre: ¿por qué no tomó más sobre su ánima y se condenó por cosas de más importancia?».

—¿Queréis saber —dijo un demonio— qué tanta verdad es esa, que tienen ya por refrán en el mundo contra estos miserables decir: «Dichoso el hijo que tiene a su padre en el infierno»?

Apenas oyeron esto cuando se pusieron todos a aullar y darse de bofetones. Hiciéronme lástima, no lo pude sufrir y pasé adelante. Y llegando a una cárcel oscurísima oí grande ruido de cadenas y grillos, fuego, azotes y gritos. Pregunté a uno de los que allí estaban qué estancia era aquella, y dijéronme que era el cuarto de los que «¡Oh, quién hubiera!».

—No lo entiendo —dije—. ¿Quién son los de «¡Oh, quién hubiera!»?

Dijo al punto:

—Son gente necia que en el mundo vivía mal y se condenó sin entenderlo, y agora acá se les va todo en decir «¡Oh, quién hubiera oído misa! ¡Oh, quién hubiera callado! ¡Oh, quién hubiera favorecido al pobre! ¡Oh, quién hubiera confesado!».

Huí medroso de tan mala gente y tan ciega y di en unos corrales con otra peor. Pero admiróme más el título con que estaban aquí, porque preguntándoselo a un demonio, me dijo:

—Estos son los de «Dios es piadoso, Dios sea conmigo».

Dije al punto:

—¿Pues cómo puede ser que la misericordia condene, siendo eso de la justicia? Vos habláis como diablo.

—Y vos —dijo el diablo— como ignorante; ¿pues no sabéis que la mitad de los que están aquí se condenan por la misericordia de Dios? Y si no, mirad cuántos son los que, cuando hacen algo mal hecho y se lo reprehenden, pasan adelante y dicen: «Dios es piadoso y no mira en niñerías; para eso es la misericordia de Dios tanta». Y con esto, mientras ellos haciendo mal esperan en Dios, nosotros los esperamos acá.

—¿Luego no se ha de esperar en Dios y en su misericordia? —dije yo.

—No lo entiendes —me respondieron—, que de la piedad de Dios se ha de fiar, porque ayuda a buenos deseos y premia buenas obras, pero no todas veces con consentimiento de obstinaciones, que se burlan a sí las almas que consideran la misericordia de Dios encubridora de maldades, y la aguardan como ellos la han menester y no como ella es, purísima y infinita en los santos y capaces della, pues los mismos que más en ella están confiados son los que menos lugar la dan para su remedio. No merece la piedad de Dios quien sabiendo que es tanta la convierte en licencia y no en provecho espiritual, y de muchos tiene Dios misericordia que no la merecen ellos, y en los más en ansí, pues nada de su mano pueden, sino por sus méritos, y el hombre que más hace es procurar merecerla, porque no os desvanezcáis y sepáis que aguardáis siempre al postrero día lo que quisiérades haber hecho al primero, y que las más veces está pasado por vosotros lo que teméis que ha de venir.

—¿Esto se vee y se oye en el infierno? ¡Ah, lo que aprovechara allá uno destos escarmentados!

Diciendo esto llegué a una caballeriza donde estaban los tintureros, que no averiguara un pesquisidor cuiénes eran, porque los diablos parecían tintureros y los tintureros diablos. Pregunté a un mulato que a puros cuernos tenía hecha espetera la frente, que dónde estaban los sodomitas, las viejas y los cornudos. Dijo:

—En todo el infierno están, que esa es gente que en vida son diablos, pues es su oficio traer corona de güeso. De los sodomitas y viejas, no so o no sabemos dellos, pero ni querríamos saber que supiesen de nosotros, que en ellos peligran nuestras asentaderas, y los diablos por eso traemos colas, porque como aquellos están acá, habemos menester mosqueador de los rabos; de las viejas, porque aun acá nos enfadan y atormentan, y no hartas de vida, hay algunas que nos enamoran. Muchas han venido acá muy arrugadas y canas y sin diente ni muela, y ninguna ha venido cansada de vivir. Y otra cosa más graciosa, que si os informáis dellas, ninguna vieja hay en el infierno, porque la que está calva y sin muelas, arrugada y lagañosa de pura edad y de puro vieja, dice que el cabello se le cayó de una enfermedad, que los dientes y muelas se le cayeron de comer dulce, que está jibada de un golpe, y no confesará que son años si pensare remozar por confesarlo.

Junto a estos estaban unos pocos dando voces y quejándose de su desdicha.

—¿Qué gente es esta? —pregunté. Y respondióme uno dellos:

—Los sin ventura, muertos de repente.

—Mentís —dijo un diablo—, que ningún hombre muere de repente, y de descuidado y divertido sí. ¿Cómo puede morir de repente quien dende que nace vee que va corriendo por la vida y lleva consigo la muerte? ¿Qué otra cosa veis en el mundo sino entierros, muertos y sepulturas? ¿Qué otra cosa oís en los púlpitos y leéis en los libros? ¿A qué volvéis los ojos que no os acuerde de la muerte? Vuestro vestido que se gasta, la casa que se cae, el muro que se envejece, y hasta el sueño cada día os acuerda de la muerte retratándola en sí. ¿Pues cómo puede haber hombre que se muera de repente en el mundo, si siempre lo andan avisando tantas cosas? No os habéis de llamar, no, gente que murió de repente, sino gente que murió incrédula de que podía morir así, sabiendo con cuán secretos pies entra la muerte en la mayor mocedad, y que en una misma hora en dar bien y mal suele ser madre y madrastra.

Volví la cabeza a un lado y vi en un seno muy grande apretura de almas, y diome un mal olor.

—¿Qué es esto? —dije. Y respondióme un juez amarillo que estaba castigándolos:

—Estos son los boticarios, que tienen el infierno lleno de bote en bote, gente que como otros buscan ayudas para salvarse, estos las tienen para condenarse. Estos son los verdaderos alquimistas, que no Demócrito Abderita en la Arte Sacra, Avicena, Géber ni Raimundo Lull, porque ellos escribieron cómo de los metales se podía hacer oro, y no lo hicieron ellos, y si lo hicieron nadie lo ha sabido hacer después acá, pero estos tales boticarios, de la agua turbia, que no clara, hacen oro, y de los palos; oro hacen de las moscas, del estiércol; oro hacen de las arañas, de los alacranes y sapos, y oro hacen del papel, pues venden hasta el papel en que dan el ungüento. Así que solo para estos puso Dios virtud en las hierbas y piedras y palabras, pues no hay hierba, por dañosa que sea y mala, que no les valga dineros, hasta la ortiga y cicuta, ni hay piedra que no les dé ganancia, hasta el guijarro crudo, sirviendo de moleta. En las palabras también, pues jamás a estos les falta cosa que les pidan, aunque no la tengan, como vean dinero, pues dan por aceite de Matiolo aceite de ballena, y no compra sino las palabras el que compra. Y su nombre no había de ser boticario, sino armeros, ni sus tiendas no se habían de llamar boticas, sino armerías de los doctores, donde el médico toma la daga de los lamedores, el montante de los jarabes y el mosquete de la purga maldita, demasiada, recetada a mala sazón y sin tiempo. Allí se ve todo esmeril de ungüentos, la asquerosa arcabucería de melecinas con munición de calas. Muchos destos se salvan, pero no hay que pensar que cuando mueren tienen con qué enterrarse. Y si queréis reír, ved tras ellos los barberillos cómo penan, que en subiendo esos dos escalones están en ese cerro.

Pasé allá y vi (¡qué cosa tan admirable y qué justa pena!) los barberos atados y las manos sueltas, y sobre la cabeza una guitarra, y entre las piernas un ajedrez con las piezas de juego de damas, y cuando iba con aquella ansia natural de pasacalles a tañer, la guitarra se le huía, y cuando volvía abajo a dar de comer a una pieza, se le sepultaba el ajedrez y esta era su pena. No entendí salir de allí de risa.

Estaban tras de una puerta unos hombres, muchos en cantidad, quejándose de que no hiciesen caso dellos aun para atormentarlos, y estábales diciendo un diablo que eran todos tan diablos como ellos, que atormentasen a otros.

—¿Quién son? —le pregunté. Y dijo el diablo:

—Hablando con perdón, los zurdos, gente que no puede hacer cosa a derechas, quejándose de que no están con los otros condenados; y acá dudamos si son hombres o otra cosa, que en el mundo ellos no sirven sino de enfados y de mal agüero, pues si uno va en negocios y topa zurdos se vuelve como si topara un cuervo o oyera una lechuza. Y habéis de saber que cuando Scévola se quemó el brazo derecho porque erró a Porsena, que fue no por quemarle y quedar manco, sino queriendo hacer en sí un gran castigo, dijo: «¿Así que erré el golpe? Pues en pena he de quedar zurdo». Y cuando la Justicia manda cortar a uno la mano derecha por una resistencia, es la pena hacerle zurdo, no el golpe; y no queráis más que queriendo el otro echar una maldición muy grande, fea y afrentosa, dijo:

Lanzada de moro izquierdo
te atraviese el corazón

y en el día del Juicio todos los condenados, en señal de serlo, estarán a la mano izquierda. Al fin, es gente hecha al revés y que se duda si son gente.

En esto me llamó un diablo por señas y me advirtió con las manos que no hiciese ruido. Lleguéme a él y asoméme a una ventana, y dijo:

—Mira lo que hacen las feas.

Y veo una muchedumbre de mujeres, unas tomándose puntos en las caras, otras haciéndose de nuevo, porque ni la estatura en los chapines, ni la ceja con el cohol, ni el cabello en la tinta, ni el cuerpo en la ropa, ni las manos con la muda, ni la cara con el afeite, ni los labios con la color, eran los con que nacieron ellas. Y vi algunas poblando sus calvas con cabellos que eran suyos solo porque los habían comprado. Otra vi que tenía su media cara en las manos, en los botes de unto y en la color.

—Y no queráis más de las invenciones de las mujeres —dijo un diablo—, que hasta resplandor tienen, sin ser soles ni estrellas. Las más duermen con una cara y se levantan con otra al estrado, y duermen con unos cabellos y amanecen con otros. Muchas veces pensáis que gozáis las mujeres de otro y no pasáis el adulterio de la cáscara. Mirad cómo consultan con el espejo sus caras. Estas son las que se condenan solamente por buenas siendo malas.

Espantóme la novedad de la causa con que se habían condenado aquellas mujeres. Y volviendo vi un hombre asentado en una silla a solas sin fuego, ni hielo, ni demonio, ni pena alguna, dando las más desesperadas voces que oí en el infierno, llorando el propio corazón, haciéndose pedazos a golpes y a vulcos.

¡Váleme Dios! —dije en mi alma—. ¿De qué se queja este, no atormentándole nadie?

Y él, cada punto doblaba sus alaridos y voces.

—Dime —dije yo—, ¿qué eres y de qué te quejas, si ninguno te molesta, si el fuego no te arde ni el hielo te cerca?

—¡Ay! —dijo dando voces—, que la mayor pena del infierno es la mía. ¿Verdugos te parece que me faltan? ¡Triste de mí, que los más crueles están entregados a mi alma! ¿No los ves? —dijo, y empezó a morder la silla y a dar vueltas alrededor y gemir:

—Véelos qué sin piedad van midiendo a descompasadas culpas eternas penas. ¡Ay, qué terrible demonio eres, memoria del bien que pude hacer y de los consejos que desprecié, y de los males que hice! ¡Qué representación tan continua! ¡Déjasme tú y sale el entendimiento con imaginaciones de que hay gloria que pude gozar y que otros gozan a menos costa que yo mis penas! ¡Oh, qué hermoso que pintas el cielo, entendimiento, para acabarme! ¡Déjame un poco siquiera! ¿Es posible que mi voluntad no ha de tener paz conmigo un punto? ¡Ay, huésped, y qué tres llamas invisibles, y qué sayones incorpóreos me atormentan en las tres potencias del alma!; y cuando estos se cansan entra el gusano de la conciencia, cuya hambre en comer del alma nunca se acaba. Vesme aquí miserable, y perpetuo alimento de sus dientes.

Y diciendo esto salió la voz:

—¿Hay en todo este desesperado palacio quien trueque sus almas y sus verdugos a mis penas? Así, mortal, pagan los que supieron en el mundo, tuvieron letras y discurso y fueron discretos; ellos se son infierno y martirio de sí mismos.

Tornó amortecido a su ejercicio con más muestras de dolor. Apartéme dél, medroso, diciendo:

—Ved de lo que sirve caudal de razón y doctrina y buen entendimiento mal aprovechado. ¡Quién se lo vio llorar solo, y tenía dentro de su alma aposentado el infierno!

Lleguéme, diciendo esto, a una gran compañía donde penaban en diversos puestos muchos, y vi unos carros en que traían atenaceando muchas almas con pregones delante. Lleguéme a oír el pregón, y decía:

—Estos manda Dios castigar por escandalosos y porque dieron mal ejemplo.

Y vi a todos los que penaban, que cada uno los metía en sus penas, y así pasaban las de todos, como causadores de su perdición. Pues estos son los que enseñan en el mundo malas costumbres, de quien Dios dijo que valiera más no haber nacido.

Pero diome risa ver unos taberneros que se andaban sueltos por todo el infierno, penando sobre su palabra, sin prisión ninguna, teniéndola cuantos estaban en él. Y preguntando por qué a ellos solos los dejaban andar sueltos, dijo un diablo:

—Y les abrimos las puertas, que no hay para qué temer que se irán del infierno gente que hace en el mundo tantas diligencias para venir. Fuera de que los taberneros trasplantados acá, en tres meses son tan diablos como nosotros. Tenemos solo cuenta de que no lleguen al fuego de los otros, porque no lo agüen. Pero si queréis saber notables cosas, llegaos a aquel cerco; veréis en la parte del infierno más hondo a Judas con su familia descomulgada de malditos dispenseros.

Hícelo así y vi a Judas, que me holgué mucho, cercado de succesores suyos, y sin cara. No sabré decir sino que me sacó de la duda de ser barbirojo como le pintan los españoles por hacerle extranjero, o barbinegro como le pintan los extranjeros por hacerle español, porque él me pareció capón, y no es posible menos, ni que tan mala inclinación y ánimo tan doblado se hallase sino en quien, por serlo, no fuese ni hombre ni mujer. ¿Y quién sino un capón tuviera tan poca vergüenza que besara a Cristo para vendelle? ¿Y quién sino un capón pudiera condenarse por llevar las bolsas? ¿Y quién sino un capón tuviera tan poco ánimo que se ahorcase, sin acordarse de la mucha misericordia de Dios? Ello yo creo por muy cierto lo que manda la Iglesia Romana, pero en el infierno capón me pareció que era Judas. Y lo mismo digo de los diablos, que todos son capones sin pelo de barba y arrugados, aunque sospecho que como todos se queman, que el estar lampiños es de chamuzcado el pelo con el fuego, y lo arrugado del calor, y debe de ser así, porque no vi ceja ni pestaña y todos eran calvos.

Estaba, pues, Judas muy contento de ver cuán bien lo hacían los dispenseros en venirle a cortejar y a entretener (que muy pocos me dijeron que le dejaban de imitar); miré más atentamente y fuime llegando donde estaba Judas y vi que la pena de los dispenseros era que, como a Titio le come un buitre las entrañas, a ellos se las descarnaban dos aves que llaman sisones, y un diablo decía a voces de rato en rato:

—Sisones son dispenseros y los dispenseros sisones.

A este pregón se estremecían todos y Judas estaba con sus treinta dineros atormentándose; tenía un bote junto a sí. No me sufrió el corazón a no decirle algo, y así llegándome cerca, le dije:

—¿Cómo, traidor infame sobre todos los hombres, vendiste a tu Maestro, a tu Señor y a tu Dios, por tan poco dinero?

A lo cual respondió:

—Pues vosotros ¿por qué os quejáis deso?; que sobrado de bien os estuvo, pues fui el medio y arcaduz para vuestra salud. Yo soy el que me he de quejar y fui a quien le estuvo mal, y ha habido herejes que me han tenido con veneración, porque di principio en la entrega a la medecina de vuestro mal. Y no penséis que soy yo solo el Judas, que después que Cristo murió hay otros peores que yo y más ingratos, pues no solo le venden, pero le venden y compran, azotan y crucifican, y lo que es más que todo, ingratos a vida y pasión y muerte y resurrección, le maltratan y persiguen en nombre de sus hijos. Y si yo lo hice antes que muriese, con nombre de apóstol y dispensero, este bote lo dice, que es el de la Madalena, que codicioso quería que se vendiese y se diese a pobres, y ahora es una de las mayores penas que tengo esta, ver lo que quería para remediar pobres, vendido, porque todo lo aplicaba a vender, y después, por salir con mi tema y vender el ungüento, vendí al Señor que e tenía y así remedié más pobres que quisiera.

—¡Ladrón! —dije yo, que no me pude reportar—, pues si viendo a la Madalena a los pies de Cristo te tocó la codicia de riqueza, cogieras las perlas de las muchas lágrimas que lloraba, hartáraste de oro con las hebras de cabellos que arrancaba de su cabeza, y no cudiciaras su ungüento con alma boticaria. Pero una cosa querría saber de ti: ¿por qué te pintan con botas y dicen por refrán «las botas de Judas»?

—No porque yo las truje —respondió—, mas quisieron significar poniéndome botas, que anduve siempre de camino para el infierno, y por ser dispensero; y así se han de pintar todos los que lo son. Esta fue la causa, y no lo que algunos han colegido de verme con botas, diciendo que era portugués, que es mentira; que yo fui... —Y no me acuerdo bien de dónde me dijo que era si de Calabria, si de otra parte—. Y has de advertir que yo solo soy el dispensero que se ha condenado por vender, que todos los demás, fuera de algunos, se condenan por comprar. Y en lo que dices que fui traidor y maldito en dar a Cristo por tan poco precio, tenéis razón, y no podía hacer yo otra cosa fiándome de gente como los judíos, que era tan ruin que pienso que si pidiera un dinero más por él no me le tomaran. Y porque estáis muy espantado y fiado en que yo soy el peor hombre que ha habido, ve ahí debajo y verás muchísimos más malos. Vete —dijo—, que ya basta de conversación con Judas.

—Dices la verdad —le respondí—. Y acogíme donde me señaló, y topé muchos demonios en el camino con palos y lanzas, echando del infierno muchas mujeres hermosas y muchos malos letrados. Pregunté que por qué los quería echar del infierno a aquellos solos, y dijo un demonio porque eran de grandísimo provecho para la población del infierno en el mundo las damas con sus caras y con sus mentirosas hermosuras y buenos pareceres, y los letrados con buenas caras y malos pareceres, y que así los echaban porque trujesen gente.

Pero el pleito más intricado y el caso más difícil que yo vi en el infierno fue el que propuso una mujer condenada con otras muchas, por malas, enfrente de unos ladrones, la cual decía:

—Decidnos, señor, ¿cómo ha de ser esto de dar y recebir, si los ladrones se condenan por tomar lo ajeno y la mujer por dar lo suyo? Aquí de Dios, que si el ser puta es ser justicia, si es justicia dar a cada uno lo suyo, pues lo hacemos así, ¿de qué nos culpan?

Dejé de escucharla y pregunté, como nombraron ladrones:

—¿Dónde están los escribanos? ¿Es posible que no hay en el infierno ninguno, ni le pude topar en todo el camino?

Respondióme un demonio:

—Bien creo yo que no toparíades ninguno por él.

—¿Pues qué hacen? ¿Sálvanse todos?

—No —dijo—, pero dejan de andar y vuelan con plumas. Y el no haber escribanos por el camino de la perdición no es porque infinitísimos que son malos no vienen acá por él, sino porque es tanta la prisa con que vienen, que volar y llegar y entrar es todo uno (tales plumas se tienen ellos) y así no se ven en el camino.

—Y acá —dije yo—, ¿cómo no hay ninguno?

—Sí hay —me respondió—; mas no usan ellos de nombre de escribano, que acá por gatos los conocemos. Y para que echéis de ver qué tantos hay, no habéis de mirar sino que con ser el infierno tan gran casa, tan antigua, tan maltratada y sucia, no hay un ratón en toda ella, que ellos los cazan.

—¿Y los alguaciles malos no están en el infierno?

—Ninguno está en el infierno —dijo el demonio.

—¿Cómo puede ser, si se condenan algunos malos entre muchos buenos que hay?

—Dígoos que no están en el infierno porque en cada alguacil malo, aun en vida está todo el infierno en él.

Santigüéme y dije:

—Brava cosa es lo mal que los queréis los diablos a los alguaciles.

—¿No los habemos de querer mal, pues según son endiablados los malos alguaciles tememos que han de venir a hacer que sobremos nosotros para lo que es materia de condenar almas, y que se nos han de levantar con el oficio de demonios, y que ha de venir Lucifer a ahorrarse de diablos y despedirnos a nosotros por recibirlos a ellos?

No quise en esta materia escuchar más, y así me fui adelante, y por una red vi un amenísimo cercado todo lleno de almas que, unas con silencio y otras con llanto, se estaban lamentando. Dijéronme que era el retiramiento de los enamorados. Gemí tristemente viendo que aun en la muerte no dejan los suspiros. Unos se respondían a sus amores y penaban con dudosas desconfianzas. ¡Oh, qué número dellos echaban la culpa de su perdición a sus deseos, cuya fuerza o cuyo pincel los mintió las hermosuras! Los más estaban destruidos por penséque, según me dijo un diablo.

—¿Quién es Penséque —dije yo—, o qué género de delito?

Rióse y replicó:

—No es sino que se destruyen fiándose de fabulosos semblantes, y luego dicen: «Pensé que no me obligara», «Pensé que no me amartelara», «Pensé que ella me diera a mí y no me quitara», «Pensé que no tuviera otro con quien yo riñera», «Pensé que se contentara conmigo solo», «Pensé que me adoraba»; y así todos los amantes en el infierno están por «penséque».

Estos son la gente en quien más ejecuciones hace el arrepentimiento y los que menos sabían de sí. Estaba en medio dellos el Amor lleno de sarna, con un rótulo que decía:

No hay quien este amor no dome
sin justicia o con razón,
que es sarna y no afición
amor que se pega y come.

—¿Coplica hay? —dije yo—. No andan lejos de aquí los poetas —cuando volviéndome a un lado veo una bandada de hasta cien mil dellos en una jaula, que llaman los orates en el infierno. Volví a mirarlos y díjome uno, señalando a las mujeres que digo:

—Esas señoras hermosas, todas se han vuelto medio camareras de los hombres, pues los desnudan y no los visten.

—¿Conceptos gastáis aun estando aquí? ¡Buenos cascos tenéis! —dije yo; cuando uno entre todos que estaba aherrojado y con más penas que todos, dijo:

—Plegue a Dios, hermano, que así se vea el que inventó los consonantes, pues porque en un soneto

Dije que una señora era absoluta,
y siendo más honesta que Lucrecia,
por dar fin el cuarteto la hice puta.
Forzóme el consonante a llamar necia
a la de más talento y mayor brío,
¡oh, ley de consonantes dura y recia!
Habiendo en un terceto dicho lío,
un hidalgo afrenté tan solamente
porque el verso acabó bien en judío.
A Herodes otra vez llamé innocente,
mil veces a lo dulce dije amargo
y llamé al apacible impertinente.
Y por el consonante tengo a cargo
otros delitos torpes, feos, rudos,
y llega mi proceso a ser tan largo
que porque en una octava dije escudos,
hice sin más ni más siete maridos
con honradas mujeres ser cornudos.
Aquí nos tienen, como ves, metidos
y por el consonante condenados,
a puros versos, como ves, perdidos,
¡oh, míseros poetas desdichados!

—¿Hay tan graciosa locura —dije yo—, que aun aquí estáis sin dejarla ni descansaros della?

¡Oh, qué vi dellos! Y decía un diablo:

—Esta es gente que canta sus pecados como otros los lloran, pues en amancebándose, con hacerla pastora o mora la sacan a la vergüenza en un romancico por todo el mundo. Si las quieren a sus damas lo más que les dan es un soneto o unas octavas, y si las aborrecen o las dejan, lo menos que les dejan es una sátira. ¡Pues qué es verlos cargados de pradicos de esmeraldas, de cabellos de oro, de perlas de la mañana, de fuentes de cristal, sin hallar sobre todo esto dinero para una camisa ni sobre su ingenio. Y es gente que apenas se conoce de qué ley son, porque el nombre es de cristianos, las almas de herejes, los pensamientos de alarbes y las palabras de gentiles.

—Si mucho me aguardo —dije entre mí—, yo oiré algo que me pese.

Fuime adelante y dejélos con deseo de llegar a donde estaban los que no supieron pedir a Dios. ¡Oh, qué muestras de dolor tan grandes hacían! ¡Oh, qué sollozos tan lastimosos! Todos tenían las lenguas condenadas a perpetua cárcel y poseídos del silencio, tal martirio en voces ásperas de un demonio recibían por los oídos:

—¡Oh, corvas almas, inclinadas al suelo, que con oración logrera y ruego mercader y comprador os atrevistes a Dios y le pedistes cosas que de vergüenza de que otro hombre las oyese aguardábades a coger solos los retablos. ¿Pues cómo más respeto tuvisteis a los mortales que al Señor de todos?, quien os ve en un rincón medrosos de ser oídos, pedir murmurando, sin dar licencia a las palabras que se saliesen de los dientes cerrados de ofensas: «Señor, muera mi padre y acabe yo de suceder en su hacienda», «Llevaos a vuestro reino a mi mayor hermano y aseguradme a mí el mayorazgo», «Halle yo una mina debajo de mis pies», «El rey se incline a favorecerme y véame yo cargado de sus favores». Y ved —dijo— a lo que llegó una desvergüenza que osastes decir: «Y haced esto, que si lo hacéis yo os prometo de casar dos huérfanas, de vestir seis pobres y de daros frontales». ¡Qué ceguedad de hombres, prometer dádivas al que pedís, con ser la suma riqueza! Pedistes a Dios por merced lo que Él suele dar por castigo, y si os lo da, os pesa de haberlo tenido cuando morís, y si no os lo da, cuando vivís; y así de puro necios siempre tenéis quejas; y si llegáis a ser ricos por votos, decidme cuáles cumplís. ¿Qué tempestad no llena de promesas los santos, y qué bonanza tras ella no los torna a desnudar con olvido? ¡Qué de toques de campanas ha ofrecido a los altares la espantosa cara del golfo, y qué dellas ha muerto y quitado de los mismos templos el puerto! Nacen vuestros ofrecimientos de necesidad y no de devoción. ¿Pedisteis alguna vez a Dios paz en el alma, augmento de gracia o favores suyos, ni inspiraciones? No por cierto; ni aun sabéis para qué son menester estas cosas, ni lo que son. Ignoráis que el holocausto, sacrificio y oblación que Dios recibe de vosotros es de la pura conciencia, humilde espíritu, caridad ardiente; y esto acompañado con lágrimas, es moneda que aun Dios (si puede) es cudicioso en nosotros. Dios, hombres, por vuestro bien gusta que os acordéis dél, y como si no es en los trabajos no os acordáis, por eso os da trabajos, porque tengáis dél memoria. Considerad vosotros, necios demandadores, cuán brevemente se os acabaron las cosas que importunos pedisteis a Dios, qué presto os dejaron y cómo, ingratas, no os fueron compañía en el postrer paso. ¿Veis cómo vuestros hijos aun no gastan de vuestras haciendas un real en obras pías, diciendo que no es posible que vosotros gustéis dellas, porque si gustárades, en vida hiciérades algunas? Y pedís tales cosas a Dios que muchas veces, por castigo de la desvergüenza con que las pedís, os las concede. Y bien, como suma sabiduría, conoció el peligro que tenéis en no saber pedir, pues lo primero que os enseñó en el Pater noster fue pedirle; pero pocos entendéis aquellas palabras donde Dios enseñó el lenguaje con que habéis de tratar con Él.

Quisieron responderme, mas no les daban lugar las mordazas. Yo, que vi que no habían de hablar palabra, pasé adelante donde estaban juntos los ensalmadores ardiéndose vivos, y los saludadores también, condenados por embustidores. Dijo un diablo:

—Véislos aquí a estos tratantes en santiguaduras, mercaderes de cruces, que embelecaron el mundo, y quisieron hacer creer que podía tener cosa buena un hablador. Gente es esta ensalmadora que jamás hubo nadie que se quejase dellos, porque si les sanan, antes se lo agradecen, y si los matan no se pueden quejar; y siempre les agradecen lo que hacen, y dan contento, porque si sanan el enfermo los regala y si matan el heredero los agradece el trabajo; si curan con agua y trapos la herida que sanara por virtud de naturaleza, dicen que es por ciertas palabras virtuosas que les enseñó un judío (¡mirad qué buen origen de palabras virtuosas!), y si se enfistola, empeora y muere, dicen que llegó su hora y el badajo que se la dio y todo. ¡Pues qué es de oír a estos las mentiras que cuentan, de uno que tenía las tripas fuera en la mano, en tal parte, y otro que estaba pasado por las ijadas! Y lo que más me espanta es que siempre he medido la distancia de sus curas y siempre las hicieron cuarenta o cincuenta leguas de allí, estando en servicio de un señor que ha ya trece años que murió, porque no se averigüe tan presto la mentira, y por la mayor parte estos tales que curan con agua, enferman ellos por vino. Al fin estos son por los que se dijo «hurtan que es bendición», porque con la bendición hurtan, tras ser siempre gente ignorante. Y he notado que casi todos los ensalmos están llenos de solecismos, y no sé qué virtud se tenga el solecismo por lo cual se pueda hacer nada. Al fin, vaya do fuere, ellos están acá algunos, que otros hay buenos hombres, que como amigos de Dios alcanzan dél la salud para los que curan, que la sombra de sus amigos suele dar vida. Pero para ver buena gente, mirad los saludadores, que también dicen que tienen virtud.

Ellos se agraviaron y dijeron que era verdad que la tienen; y a esto respondió un diablo:

—¿Cómo es posible que por ningún camino se halle virtud en gente que anda siempre soplando?

—Alto —dijo un demonio—, que me he enojado. Vayan al cuartel de los porquerones, que viven de lo mismo.

Fueron, aunque a su pesar. Yo abajé otra grada por ver los que Judas me dijo que eran peores que él y topé en una alcoba muy grande una gente desatinada, que los diablos confesaban que ni los entendían ni se podían averiguar con ellos. Eran astrólogos y alquimistas; estos andaban llenos de hornos y crisoles, de lodos, de minerales, de escorias, de cuernos, de estiércol, de sangre humana, de polvos y de alambiques. Aquí calcinaban, allí lavaban, allí apartaban y acullá purificaban. Cuál estaba fijando el mercurio al martillo, y habiendo resuelto la materia viscosa y ahuyentado la parte sutil lo corruptivo del fuego, en llegándose a la copela, se le iba en humo. Otros disputaban si se había de dar fuego de mecha, o si el fuego o no fuego de Raimundo había de entenderse de la cal, o si de luz efectiva del calor y no de calor efectivo de fuego. Cuáles con el sigilo de Hermete daban principio a la obra magna, y en otra parte miraban ya el negro blanco y le aguardaban colorado. Y juntando a esto la proposición de naturaleza, «con naturaleza se contenta la naturaleza, y con ella misma se ayuda», y los demás oráculos ciegos suyos, esperaban la reducción de la primera materia y al cabo reducían su sangre a la postrera podre, y en lugar de hacer el estiércol, cabellos, sangre humana, cuernos y escoria, oro, hacían del oro estiércol, gastándolo neciamente. ¡Oh, qué de voces oí sobre el padre muerto y resuscitarlo y tornarlo a matar! ¡Y qué bravas las daban sobre entender aquellas palabras tan referidas de todos los autores químicos: «¡Oh, gracias sean dadas a Dios, que de la cosa más vil del mundo permite hacer una cosa tan rica!». Sobre cuál era la cosa más vil se ardían. Uno decía que ya la había hallado, y si la piedra filosofal se había de hacer de la cosa más vil era fuerza hacerse de corchetes, y los cocieran y distilaran si no dijera otro que tenían mucha parte de aire para poder hacer la piedra, que no había de tener materiales tan vaporosos; y así se resolvieron que la cosa más vil del mundo eran los sastres, pues cada punto se condenaban, y que era gente más enjuta. Cerraran con ellos si no dijera un diablo:

—¿Queréis saber cuál es la cosa más vil? Los alquimistas, y así, porque se haga la piedra es menester quemaros a todos.

Diéronles fuego y ardían casi de buena gana, solo por ver la piedra filosofal.

Al otro lado no era menos la trulla de astrólogos y supersticiosos. Un quiromántico iba tomando las manos a todos los otros que se habían condenado, diciendo:

—¡Qué claro que se vee que se habían de condenar estos, por el monte de Saturno!

Otro que estaba a gatas con un compás midiendo alturas y notando estrellas, cercado de efemérides y tablas, se levantó y dijo en altas voces:

—¡Vive Dios que si me pariera mi madre medio minuto antes que me salvo, porque Saturno en aquel punto mudaba el aspecto y Marte se pasaba a la casa de la vida; el Escorpión perdía su malicia, y yo, como di en procurador, fui pobre mendigo.

Otro tras él andaba diciendo a los diablos que le mortificaban que mirasen bien si era verdad que él había muerto, que no podía ser, a causa que tenía Júpiter por ascendente y a Venus en la casa de la vida, sin aspecto ninguno malo, y que era fuerza que viviese noventa años.

—Miren —decía— que les notifico que miren bien si soy difunto, porque por mi cuenta es imposible que pueda ser esto.

En esto iba y venía sin poderlo nadie sacar de aquí.

Y para emendar la locura destos salió otro geomántico poniéndose en puntos con las sciencias, haciendo sus doce casas gobernadas por el impulso de la mano y rayas a imitación de los dedos, con supersticiosas palabras y oración. Y luego, después de sumados sus pares y nones, sacando juez y testigos, comenzaba a querer probar cuál era el astrólogo más cierto, y si dijera puntual acertara, pues es su sciencia de punto como calza, sin ningún fundamento, aunque pese a Pedro Abano, que era uno de los que allí estaban acompañando a Cornelio Agrippa, que con una alma ardía en cuatro cuerpos de sus obras malditas y descomulgadas, famoso hechicero. Tras este vi con su Poligrafía y Esteganografía al abad Tritemio, harto de demonios, ya que en vida parece que siempre tuvo hambre dellos, muy enojado con Cardano, que estaba enfrente dél, porque dijo mal de él solo, y supo ser mayor mentiroso en sus libros De subtilitate, por hechizos de viejas que en ellos juntó. Julio César Escalígero se estaba atormentando por otro lado en sus Exercitaciones, mientras pensaba las desvergonzadas mentiras que escribió de Homero y los testimonios que le levantó por levantar a Virgilio aras, hecho idólatra de Marón. Estaba riéndose de sí mismo Artefio, con su mágica, haciendo las tablillas para entender el lenguaje de las aves, y Misaldo muy triste y pelándose las barbas, porque tras tanto experimento disparatado no podía hallar nuevas necedades que escribir. Teofrasto Paracelso estaba quejándose del tiempo que había gastado en la alquimia, pero contento en haber escrito medicina y mágica que nadie la entendía y haber llenado las emprentas de pullas a vueltas de muy agudas cosas. Y detrás de todos estaba Hubequer el pordiosero, vestido de los andrajos de cuantos escribieron mentiras y desvergüenzas, hechizos y supersticiones, hecho su libro un Ginebra de moros, gentiles y cristianos: allí estaba el secreto autor de la Clavicula Salomonis, y el que le imputó los sueños. ¡Oh, cómo se abrasaba burlado de vanas y necias oraciones el hereje que hizo el libro Adversus omnia pericula mundi! ¡Qué bien ardía el Catán y las obras de Razes! Estaba Taisnerio con su libro de fisonomías y manos penando por los hombres que había vuelto locos con sus disparates y reíase, sabiendo el bellaco que las fisonomías no se pueden sacar ciertas de particulares rostros de hombres, que o por miedo o por no poder no muestran sus inclinaciones y las reprimen, sino solo rostros y caras de príncipes y señores sin superior, en quien las inclinaciones no respetan nada para mostrarse. Estaba luego Cicardo Eubino con sus rostros en manos, y los brutos, concertando por las caras la similitud de las costumbres. A

Escoto el italiano no vi allá por hechicero y mágico, sino por mentiroso y embustero. Había otra gran copia, y aguardaban sin duda mucha gente, porque había grandes campos vacíos. Y nadie estaba con justicia entre todos estos autores presos por hechiceros, si no fueron unas mujeres hermosas, porque sus caras fueron solas en el mundo los verdaderos hechizos, que las damas solo son veneno de la vida, que perturbando las potencias y ofendiendo los órganos a la vista, son causa de que la voluntad quiera por bueno lo que, ofendidas, las especies representan.

Viendo esto, dije entre mí:

—Ya me parece que vamos llegándonos al cuartel de la gente peor que Judas.

Dime prisa a llegar allá, y al fin asoméme a parte donde sin favor particular del cielo no se podía decir lo que había. A la puerta estaba la Justicia de Dios espantosa, y en la segunda entrada el Vicio desvergonzado y soberbio, la Malicia ingrata e ignorante, la Incredulidad resuelta y ciega y la Inobediencia bestial y desbocada. Estaba la Blasfemia insolente y tirana, llena de sangre, ladrando por cien bocas y vertiendo veneno por todas con los ojos armados de llamas ardientes. Grande horror me dio el umbral. Entré y vi a la puerta la gran suma de herejes antes de nacer Cristo: estaban los ofiteos, que se llaman así en griego de la serpiente que engañó a Eva, la cual veneraron a causa de que supiésemos del bien y del mal; los cainanos, que alabaron a Caín, porque, como decían, siendo hijo del mal prevaleció su mayor fuerza contra Abel; los sethianos, de Seth. Estaba Dositeo ardiendo en un horno, el cual creyó que se había de vivir solo según la carne, y no creía la resurrección, privándose a sí mismo, ignorante más que todas las bestias, de un bien tan grande, pues cuando fuera así, que fuéramos solo animales como los otros, para morir consolados habíamos de fingirnos eternidad a nosotros mismos; y así, llama Lucano en boca ajena a los que creen la inmortalidad del alma «Felices errore suo», dichosos con su error.

—Si eso fuera así, que murieran las almas con los cuerpos, malditos —dije yo—, siguiérase que el animal del mundo a quien Dios dio menos discurso es el hombre, pues entiende al revés lo que más importa, esperando inmortalidad, y seguirse hía que a la más noble criatura dio menos conocimiento y crió para mayor miseria la naturaleza, que Dios no, pues quien sigue esa opinión no lo cree.

Estaba luego Sadoc, autor de los saduceos. Los fariseos estaban aguardando a Cristo no como Dios, sino como hombre. Estaban los heliognostas, devictíacos, adoradores del Sol. Pero los más graciosos son los que veneran las ranas que fueron plaga a Faraón, por ser azote de Dios. Estaban los musoritas, haciendo ratonera al arca a puro ratón de oro; estaban los que adoraron la mosca acaronita, Ozías, el que quiso pedir a una mosca antes salud que a Dios, por lo cual Elías le castigó. Estaban los trogloditas, los de la fortuna del cielo, los de Baal, los de Astarot, los del ídolo Moloch y Renfán de la ara de Tofet; los puteoritas, herejes veraniscos de pozos; los de la serpiente de metal; y entre todos sonaba la barahúnda y el llanto de las judías que debajo de tierra, en las cuevas, lloraban a Thamuz en su simulacro. Seguían los bahalitas, luego la Phitonisa arremangada y detrás los de Asthar y Astarot, y al fin los que aguardaban a Herodes, y desto se llaman herodianos. Y hube a todos estos por locos y mentecatos. Mas llegué luego a los herejes que había después de Cristo. Allí vi (¡oh, qué famoso espectáculo!) a Tertuliano, concurriente de los Apóstoles catorce años antes que Orígines, apóstata doctísimo, atormentado de sus errores y convencido de sí mismo. Luego fui, y llegando vi que antes dél estaban muchos, como Menandro y Simón Mago, su maestro. Estaba Saturnino inventando disparates. Estaba el malcito Basílides heresiarca. Estaba Nicolás antioqueno, Carpócrates y Cerinto y el infame Ebión. Vino luego Valentino, el que dio por principio de todo el mar y el silencio; Menandro el Mozo de Samaria decía que él era el Salvador y que había caído del cielo, y por imitarlo decía detrás dél Montano frigio que él era el Paracleto. Síguenle las desdichadas Prisca y Maximilla heresiarcas. Llamáronse sus secuaces catafriges y llegaron a tanta locura que decían que en ellos y no en los Apóstoles vino el Espíritu Santo. Estaba Nepos, obispo en quien fue coroza la mitra, afirmando que los Santos habían de reinar con Cristo en la tierra mil años en lascivias y regalos. Venía luego Sabino, prelado hereje arriano, el que en el Concilio Niceno llamó idiotas a los que no seguían a Arrio. Después, en miserable lugar estaban ardiendo, por sentencia de Clemente, pontífice máximo que sucedió a Benedicto, los templarios, primero santos en Jerusalém y luego, de puro ricos, idólatras y deshonestos. ¡Y qué fue ver a Guillermo el hipócrita de Anvers, hecho padre de putas, prefiriendo las rameras a las honestas y la fornicación a la castidad! A los pies deste yacía Bárbara, mujer del emperador Sigismundo, llamando necias a las vírgines, habiendo hartas. Ella, bárbara como su nombre, servía de emperatriz a los diablos, y no estando harta de delitos ni aun cansada (que en esto quiso llevar ventaja a Mesalina) decía que moría el alma y el cuerpo, y otras cosas bien dignas de su nombre. Fui pasando por estos y llegué a una parte donde estaba uno solo arrinconado, y muy sucio, con un zancajo menos y un chirlo por la cara, lleno de cencerros y ardiendo y blasfemando.

—¿Quién eres tú —le pregunté—, que entre tantos malos eres el peor?

—Yo —dijo él— soy Mahoma.

Y decíaselo el tallecillo, la cuchillada y los dijes de arriero.

—Tú eres —dije yo— el más mal hombre que ha habido en el mundo, y el que más almas ha traído acá.

—Todo lo estoy pasando —dijo— mientras los malaventurados de africanos adoran el zancarrón o zancajo que aquí me falta.

—Picarón, ¿por qué vedaste el vino a los tuyos?

Y respondió que:

—Porque si tras las borracheras que les dejé en mi Alcorán les permitiera las del vino, todos fueran borrachos.

—¿Y el tocino por qué se lo vedaste, perro esclavo, descendiente de Agar?

—Eso hice por no hacer agravio al tocino, que lo fuera comer torreznos y beber agua; aunque yo vino y tocino gastaba; y quise tan mal a los que creyeron en mí, que acá los quité la gloria y allá los perniles y las botas. Y últimamente mandé que no defendiesen mi ley por razón, porque ninguna hay ni para obedecella ni sustentalla; remitísela a las armas y metílos en ruido para toda la vida; y el seguirme tanta gente no es en virtud de milagros, sino solo en virtud de darles la ley a medida de sus apetitos, dándoles mujeres para mudar, y por extraordinario deshonestidades tan feas como las quisiesen, y con esto me seguían todos. Pero no se remató en mí todo el daño; tiende por ahí los ojos y verás qué honrada gente topas.

Volvíme a un lado y vi todos los herejes de ahora, y topé con Maniqueo. ¡Oh, qué vi de calvinistas arañando a Calvino!, y entre estos estaba el principal Josefo Escalígero, por tener su punta de ateísta y ser tan blasfemo, deslenguado y vano y sin juicio. Al cabo estaba el maldito Lutero con su capilla y sus mujeres, hinchado como un sapo y blasfemando, y Melactón comiéndose las manos tras sus herejías. Estaba el renegado Beza, maestro de Ginebra, leyendo sentado en cátreda de pestilencia. Y allí lloré viendo el doctísimo Enrico Stéfano. Preguntéle no sé qué de la lengua griega, y estaba tal la suya que no pudo responderme sino con bramidos.

—¡Válame Dios! —dije, llegándome a Lutero como a mal hombre, por no decir como a mal fraile—; ¿te atreviste a decir que no se habían de adorar las imágines, si en ellas no se adora sino la espiritual grandeza que a nuestro modo representan? Si dices que para acordarte de Dios no has menester imágines, es verdad, y no te las dan para eso, sino para que te muevan afectos la representación de la verdad que reverenciamos y del Señor que amamos sobre todo bien, como los enamorados, que el retrato de su dama no le traen para acordarse della, pues ya presuponen memoria della en acordarse de que le traen, sino para deleitarse con la parte que se les concede del bien ausente. Dices también que Cristo pagó por todos, y que no hay sino vivir como quisiéramos, porque el que me hizo a mí sin mí me salvará a mí sin mí: bien me hizo a mí sin mí, pero hecho, siente que yo destruya su obra y manche su pintura y borre su imagen. Y si, como confiesas, sintió en el primer hombre tanto un pecado que, por satisfacerle, mostrando su amor, murió, ¿cómo te dejas decir que murió para darnos libertad de pecar quien siente tanto que pequemos? Y si murió y padeció Cristo para enseñarnos lo que cuesta un pecado y lo que hemos de huirle, ¿de dónde coliges que murió para darnos licencia para hacer delictos? Que satisfizo por todos es verdad: ¿luego no tenemos que trabajar nosotros? Mientes, pues hay que trabajar en no caer en otros y en pagar los cometidos delictos. Enojóse Dios por un pecado cuando no le debemos sino la creación sola, ¿y no sentiría las culpas cuando le debemos redempción costosa y trabajosa? Espántome, Lutero, de que supieses nada. ¿De qué te aprovecharon tus letras y agudeza?

Más le dijera si no me enterneciera la desventurada figura en que estaba el miserable Lutero.

Estaba ahorcado penando Helio Eóbano Hesso, célebre poeta competidor de Melactón. ¡Oh, cómo lloré mirando su gesto torpe con heridas y golpes y afeado con llamas sus ojos! No pude sino suspirar.

Dime prisa a salir deste cercado y pasé a una galería donde estaba Lucifer cercado de diablas, que también hay hembras como machos. No entré dentro porque no me atreví a sufrir su aspecto disforme; solo diré que tal galería tan bien ordenada no se ha visto en el mundo, porque toda estaba colgada de emperadores y reyes vivos, como acá muertos. Allá vi toda la casa otomana, los de Roma por su orden. Miré por los españoles y no vi corona ninguna española; quedé contentísimo que no lo sabré decir. Vi graciosísimas figuras, hilando a Sardanápalo, glotoneando a Heliogábalo, a Sapor emparentando con el Sol y las estrellas. Viriato andaba a palos tras los romanos; Atila revolvía el mundo; Belisario, ciego, acusaba a los atenienses. Llegó a mí el portero y me dijo:

—Lucifer manda que porque tengáis que contar en el otro mundo, que veáis su camarín.

Entré allá; era un aposento curioso y lleno de buenas joyas; tenía cosa de seis o siete mil cornudos y otros tantos alguaciles manidos.

—¿Aquí estáis? —dije yo—. ¿Cómo diablos os había de hallar en el infierno si estábades aquí?

Había pipotes de médicos y muchísimos coronistas, lindas piezas, aduladores de molde y con licencia, y en las cuatro esquinas estaban ardiendo por hachas cuatro malos pesquisidores, y todas las poyatas (que son los estantes) llenas de vírgines rociadas, doncellas penadas como tazas. Y dijo el demonio:

—Doncellas son que se vinieron al infierno con los virgos fiambres, y por cosa rara se guardan.

Seguíanse luego demandadores haciendo labor, con diferentes sayos, y de las ánimas había muchos, porque piden para sus misas y consumen ellos con vino cuanto les dan (sin ser sacerdotes). Había madres postizas y trastenderas de sus sobrinas, y aun suegras de sus nueras por mascarones alrededor. Estaba en una peaña Sebastián Gertel, general en lo de Alemaña contra el emperador, tras haber sido alabardero suyo. No acabara ya de contar lo que vi en el camarín si lo hubiera de decir todo. Salíme fuera y quedé como espantado, repitiendo conmigo estas cosas. Solo pido a quien las leyere las lea de suerte que el crécito que les diere le sea provechoso para no experimentar ni ver estos lugares. Certificando al lector que no pretendo en ello ningún escándalo ni reprehensión, sino de los vicios por los cuales los hombres se condenan y son condenados; pues decir de los que están en el infierno no puede tocar a los buenos. Acabé este discurso en el Fresno a postrero de abril de 1608, en veintiocho de mi edad.

Sub correctionesanctae Matris Ecclesiae

Libros a la carta

A la carta es un servicio especializado para
empresas,
librerías,
bibliotecas,
editoriales
y centros de enseñanza;
y permite confeccionar libros que, por su formato y concepción, sirven a los propósitos más específicos de estas instituciones.

Las empresas nos encargan ediciones personalizadas para marketing editorial o para regalos institucionales. Y los interesados solicitan, a título personal, ediciones antiguas, o no disponibles en el mercado; y las acompañan con notas y comentarios críticos.

Las ediciones tienen como apoyo un libro de estilo con todo tipo de referencias sobre los criterios de tratamiento tipográfico aplicados a nuestros libros que puede ser consultado en Linkgua-ediciones.com.

Linkgua edita por encargo diferentes versiones de una misma obra con distintos tratamientos ortotipográficos (actualizaciones de carácter divulgativo de un clásico, o versiones estrictamente fieles a la edición original de referencia).

Este servicio de ediciones a la carta le permitirá, si usted se dedica a la enseñanza, tener una forma de hacer pública su interpretación de un texto y, sobre una versión digitalizada «base», usted podrá introducir interpretaciones del texto fuente. Es un tópico que los profesores denuncien en clase los desmanes de una edición, o vayan comentando errores de interpretación de un texto y esta es una solución útil a esa necesidad del mundo académico.

Asimismo publicamos de manera sistemática, en un mismo catálogo, tesis doctorales y actas de congresos académicos, que son distribuidas a través de nuestra Web.

El servicio de «libros a la carta» funciona de dos formas.

1. Tenemos un fondo de libros digitalizados que usted puede personalizar en tiradas de al menos cinco ejemplares. Estas personalizaciones pueden ser de todo tipo: añadir notas de clase para uso de un grupo de estudiantes,

introducir logos corporativos para uso con fines de marketing empresarial, etc. etc.

2. Buscamos libros descatalogados de otras editoriales y los reeditamos en tiradas cortas a petición de un cliente.